現代歌人シリーズ
26

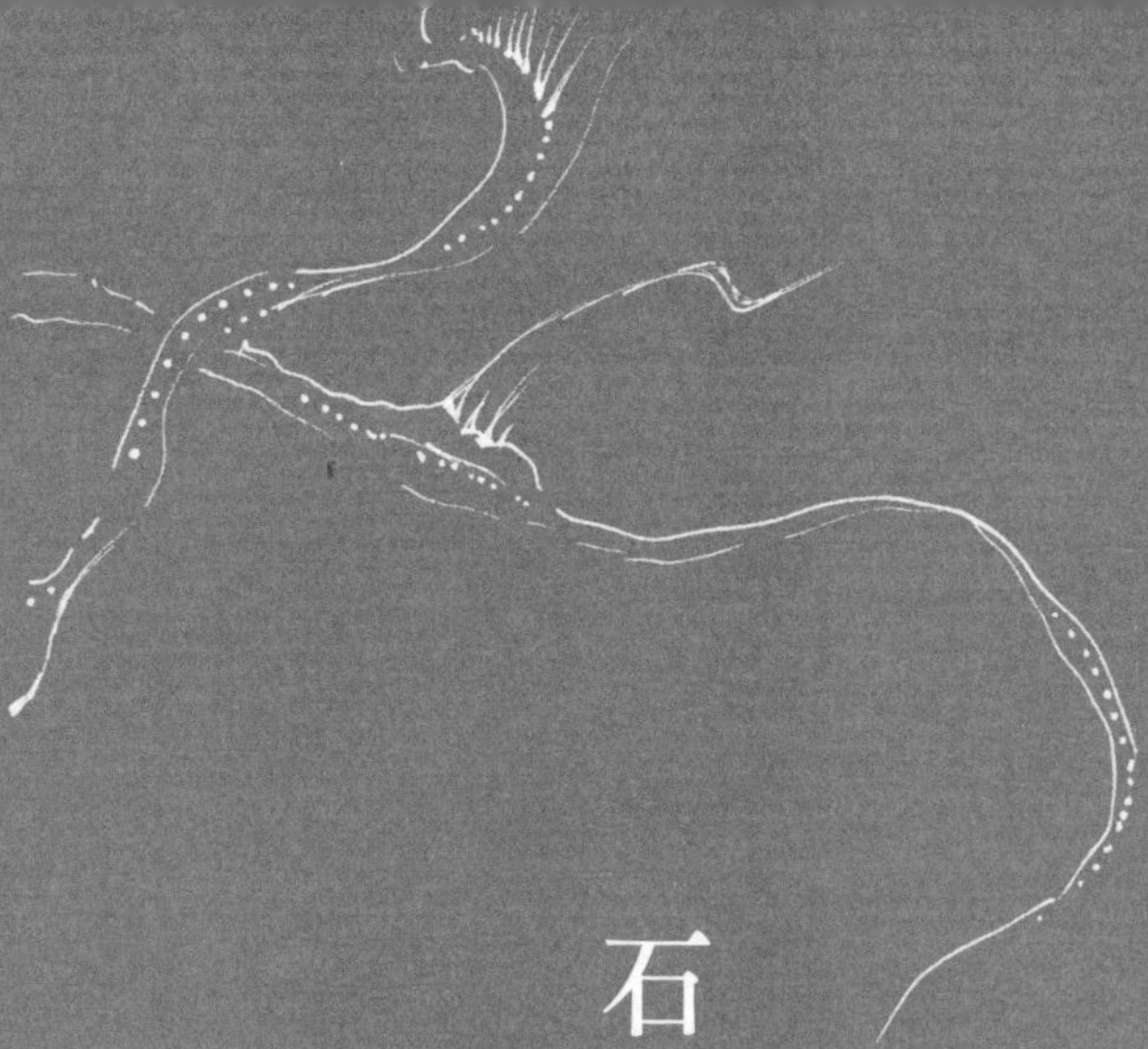

吉川宏志

Yoshikawa Hiroshi

石蓮花

書肆侃侃房

石蓮花＊目次

装幀・装画　毛利一枝

石蓮花

I

白き錠剤

みずうみの岸にボートが置かれあり匙のごとくに雪を掬いて

時雨降る比叡に淡き陽は射せり常なるものはつねに変わりゆく

菊の花括られている冬の道にんげんならば縊死のかたちに

パスワード＊＊＊＊＊と映りいてその花の名は我のみが知る

冬の日をたがいちがいに紐とおす新しき靴は濃き匂いせり

風邪ひきて眠りし昼にカーテンがなつかしきまで網目をゆらす

赤青の蛇口をまわし冬の夜の湯をつくりおり古きホテルに

雪の朝かたくなりたる革靴に足を入れたり指つぼめつつ

自販機のなかに汁粉のむらさきの缶あり僧侶が混じれるごとく

今日なんとか耐えねばならず卓上に白き錠剤置けば回りぬ

二十セットの資料を卓に載せゆけり右端に光《て》るホチキスの芯

咳になる前うずうずとするものが胸底にあり会議は続く

質問の答えはすでに決めてあり声がゆがまぬように茶を飲む

みずからに餌を与える心地して牛丼屋の幅に牛丼を食ぶ

数十人テロで死んだという記事を指にずらして末尾まで読む

血に係る枕詞は「あかねさす」なりや或いは「御《み》軍《いくさ》の」かも

二〇一五年二月

オレンジの服着せられし人の下ちいさくならぶ平凡な死は

他国から見ればしずかな的として原発ありや雪ふる浜に

春灯

初めのほうは見ていなかった船影が海の奥へと吸いこまれゆく

こんなにも早い夕暮れ　遠近を失いながら木々は立ちおり

部活より子は帰りきて夜《よ》の更けに風呂の蓋たたむ音がひびけり

今日の怒りを断ち切るごとく聞こえおり娘が髪を乾かす音は

長すぎる練習を子はうたがえど冬のあかつき着換え出てゆく

ラーメンを食べて歩める冬の街　豚の脂が歯に巻きつきぬ

春はまだ刃のひそむごとき寒さにて辛夷《こぶし》の花の咲く朝となる

ひいやりと喉《のど》落ちる酒　亡き友を語りつつ若き日の我に遇う

刺身食べ終われば赤き海藻がひらひらと　もう話題も尽きて

さっきまで飲みいし店も橋越えて春の灯《ともし》の一つになりぬ

鳥を見る旅

一度滅びしこと知らざらむコウノトリ秋の泥田をくちばしで刺す

コウノトリ飼わるる横にひったりと生き霊のごと青鷺立てり

その命うしなうときに青鷺の脚はそのまま骨となるらむ

青鷺は二十年ほど生きるとぞ　その半分は立ちつくすのみ

われの乗る電車の風にあおらるるススキのむこう黒き墓見ゆ

読みゆけるコピー冊子にくりかえし睫毛のごとき汚れあらわる

旅はたぶん窓の近くに座りたくなること　山に石蕗《つわぶき》光る

鳥獣戯画に鳥は居るのか見ておれば衣を着たる鷺ひとつ立つ

つくつくぼうし遠く鳴きいるひのくれは子どもの体になりて目覚める

潰れたる防空壕に生き延びし写真の母は幼くわらう

疎開した綾町《あやちょう》を母は絵に描《か》きぬうすやみのなか低き井戸あり

みずうみに浮かべる鳥は水面の月光見るや眠りのまえに

崖

コピー機の蓋あけられて秋の昼インクの焼けしにおい漂う

なぜそんなに酔っていたのか　総武線の駅の崖より落ちしと聞きぬ

死ののちに思い出しおり新宿の夜の茶色く透けるフカヒレ

「11月29日」を検索すそれらしき事故が画面に浮かぶ

昼休み終わらんとして缶の底ねばつくようなコーヒーを飲む

その人を抜かして仕事進めしとき陰火のごとき電話ありにき

豆腐から直角に垂れている醤油　人の亡きのち酒飲みにゆく

ドーナツの穴つながりて売られおり灯《あか》り濃くなる師走の街に

八戸

青ぐらく揺れいる海の見えはじむ白銀《しろがね》駅すぎ鮫という駅

海風は激しく吹きてたちまちにコートの襞に砂溜まりゆく

青空に刺さるごとくにウミネコは飛びつづけおり風がとどろく

海の上を見えざるままに来る風は砂巻きあげてわが顔を撲《う》つ

かまぼこの工場裏を歩みおり風やみしとき魚臭ただよう

電柱に津波の高さの青テープ巻かれてあるを見上げて過ぎつ

遠野

なにもないところですよと言われつつダンノハナに来たり遅き桜に

棄てられし老い人は冬を越えられずダンノハナ石の散らばる野原

カッパ淵

赤き布を乳型に縫いて供えあり見殺しにするほかなかりしに

石も木も性器となりて祀らるる薄き桜の咲けりみちのく

曲がり家は曲がるところに闇を生むそこにねむりし女のからだ

モネの絵に

遠くから見る方がよい絵の前に人のあらざる空間生まる

ゆらめける水とおもいて近づけば激しく塗りし筆跡《ふであと》に遇う

晩年に狂を帯びたる赤が来て草も木も橋も攀《よ》じれてゆけり

夕光《ゆうかげ》を逃れし白き波のあり死ののちも画家はその波を見る

椿には黄の筆がありあの筆でメジロの首をつっと撫でるか

秋の舞踊

秋陽さす時計台とも見比べて腕の時計に人を待ちおり

大路からひとつ内側の道をゆく茶色く透ける風船かずら

橋脚に秋のひかりはゆらめけり高きところに苔の残るを

体温を秋の椅子へと移しつつランチの小さなサラダを食べた

遠き日の妻に重なる　ベビーカー畳み子を抱き地下へゆく人

右に当たり左に当たり黒き蝶飛びてゆきたり校舎のなかを

裏漉しのような秋の陽　図書館の机のひとつひとつを照らす

古《いにしえ》の恋を身体《からだ》に宿しつつ娘はひたひた舞台をあゆむ

扇にて喉《のど》刺すごとくにじり寄る葵の上がわが娘《こ》になりて

われの知らぬ恋をしている娘にて舞い終えしのちケーキ食べおり

吹き口をはずしてホルンの唾を抜く少女は秋の日射しのなかで

掌の水

黄に濁る空がひろがりそののちに夕立は木を殴りつづけた

恥じらいを今も捨てえず夏の陽に顔灼かれつつデモに混じりぬ

前をゆく首、首、首に汗は照り博労町をデモは過ぎゆく

隊員の死にゆく未来はありありと　掌《て》に水をのせ顔を洗いぬ

ネクタイをまた締めてゆく秋となり小鮎のような銀で挟めり

ハンガー

夜はもう秋だねと言う　その声は黒い川原に吸われてゆけり

からからと木のハンガーに音のあり九月の朝のホテルより去る

疲れたよ。自分の身体《からだ》に言ってみた　水辺に羽をひらく蜻蛉《せいれい》

ペリカンのくちばしをこぼれ落ちる水　秋の光はどこにでも在る

何万回はばたけば死ぬ蝶だろう秋の陽に照るガラスを打てり

こおろぎのころ

去年より紅葉が濃いなあ　布二つ重ねるごとく君に言いたり

水に揺れる紅葉見ており濃緑《こみどり》のときも映っていたはずなのに

山紅葉見て来たる目を閉じながら祈りおりひとりの顔を浮かべて

葉柄《ようへい》をあちらこちらに突き出してイチョウ黄葉《もみじ》は土を覆えり

三毛猫のような色した鯉がいる　冬のひかりとなりゆく池に

今年より来年の手帳に書き写す　こおろぎのころ母の誕生日

くるくると鏡の前で踊りしが机に戻りぬ受験期のむすめ

海の場面に変わる映画のひかりにて腕の時計の針を読みおり

駅までの道に出遭いし木枯しは小さな渦を巻いてゆきたり

鳥に肩はあるのだろうか雨に濡れ枝の低きに鵯《ひよ》が止まりぬ

朝礼の終わりし窓に見上げおり時雨のあとのひときれの青

風のなき午後を黄葉《もみじ》は散りゆけり古きフィルムのちらつくように

II

高江

赤土にパイナップルの葉は垂れて逆光、逆光、ただに逆光

浜という文字に兵あり上陸をせし浜にいまも基地は残りて

土砂はこぶトラックがくぐりゆくという大き門あり白く鎖ざせり

朝までは検問ありしという道に警官三人《みたり》青黒く立つ

サトウキビの縦の密集　たちまちに視野とざされて暴力はじまる

殴らるる映像のなかにありし道　銀合歓《ぎんねむ》の葉に触れつつ歩む

森のなかに木がありそして木のなかに小さな森があり、日照り雨

山原《やんばる》の青きテントに入りたり手の皮膚あおく集会を待つ

オスプレイがやがて来る森　その風は木々を圧《お》しつけ焦がすと言えり

「京都から来たんですか」 ええ 「京都ではこんな工事はないよねえ」 はい

反基地の集会の間《ま》に配られしアンダーギー砂糖をこぼしつつ食ぶ

ポリタンクつないで水場をつくりおり戦いに慣れている人の手は

このテントもきっと壊される　そう言いて電球吊るす作業はじめる

戦死者の足にもねばりついていた泥なのか森の道に踏みゆく

マングース殺さむための罠という樹を伝われる雨に濡れおり

この森の厚き緑に覆われて見えず見えねば殴りつづける

二か月後、二〇一六年十月十七日

見たことを誰かに伝えてください、と言いし人なり逮捕を聞きぬ

海ぶどう

埋めらるる海を小さき我は見つすべての青が重なれる海

金網は海辺に立てり少しだけ基地の中へと指を入れたり

いくたびも怒りいくたびも虚しさに耐えしを聞けり海ぶどう食ぶ

そこに住むことのあらねば生傷《なまきず》のような感情をまた見失う

聞こえなかった言葉が浜に落ちていた　花火の焦げた棒にまじりて

反対派も迷惑なのだ、と書かれおり「みな疲れてるんです」添えられる声

見上げれば覆いかぶさる　戦争に焼けず残りしアカギの大樹

琉球の玉虫ならむ掌《て》に置けり斜めに見ると浮き上がる赤

戦争は墓も焼きたり剝がれいる石のおもてに蝶がとまりぬ

分かりやすいところを引用してしまう鰭のように揺れていたのを切りて

言わざりしが石のごとくに残りつつ沖縄のシンポジウム終えたり

二次会はどこでもよけれ春の灯の群らがるほうへ路地を曲がりぬ

悲しみのほうが多けれど踊りいし沖縄の手振り目に浮かび来《く》も

声を挙げられぬ者を責めてはならずこの島に古き赤榕《あこう》は立てり

砂利道と思いておれば白珊瑚まじりていたり王墓への道

石に石積まれてしずか沖縄の井戸をのぞけば黄めだかが棲む

坂少しのぼれば朝の海が見ゆ白詰め草のように曇りて

機の窓はたちまち白き霧雲に覆われゆけり沖縄は消ゆ

旅はいつも断片だけが残りゆく琉球舞踊の摺り足の音

冬の野の遠いところで

一万年清まらぬ土もあるなれど我は目の前の落ち葉掃きたり

夜行バスに眠りて明日は面接と糠雨のなか息子出てゆく

食べなさい　うさぎに話している妻の後ろを抜けて出勤したり

雪の日の鴉は啼かぬ気がするよ嘴《くちばし》を下に向けてどんより

もうすぐ私は死ぬと言いしか唇のうごきが見えてアレッポの声

あらすじは帯に短く書かれおり海べりをゆく手品師と犬

息子には息子の闘い　冬の野の遠いところで尖りゆく見ゆ

亡き人を知らざる人に語りつつ青菜は鍋に平たくなりぬ

大麦に似て

卒業に投げる帽子はあらねども三月の空ひかりの淡し

ここにいたら苛々すると子は去りぬ小さな池だった四人暮らしは

マントのように子が使いいいしバスタオルまだ残りおり体を拭う

R・D・レイン『引き裂かれた自己』を読みゆけりそれは雨とは違う綴りの

紙のように裂ける心をわれは持たず持たねど白く透ける日がある

検閲の終わりしごとくいっせいに桜散りおり濠を覆いて

靴跡は桜の花にめりこみぬ女を踏みし『金閣寺』の私

五弁の桜、五つに分かれ散りおれど無数のなかにまぎれてゆきぬ

髪垂れてむすめの眠る部屋に入りスティック糊をちょっと借ります

なんで茶髪にするのか分からないけれど大麦に似て娘は立てり

川風にさくらの花の散りしのち白喪わず鷺は立ちおり

諸葛菜《しょかつさい》の紫の花咲きおりて日の没《い》りしのち光はあそぶ

夜になり桜の帯びてゆく青の　ねむってしまえば消えてゆく青

ホルモン屋に息子と来たり木の椅子で牛の乳房という肉を噛む

敵を作るな　それしか言えず肉を焼く火にぬくみたるビール飲み干す

子の住めるアパートを見て帰りゆく　細き闇より顔を出す猫

われが昔住みしアパート思わせて錆び船のような階段がある

貧しさも楽しかった、と　ああそれは過ぎたるゆえに言える言葉か

銀紙のように静けし夜の更けにアルバイトから戻りたる娘《こ》の

早春の道に小さく足縮め花より先に死にし蜜蜂

リュウグウノツカイ

花を焼くための炉ならむ三月の墓地の中より煙突が立つ

白梅は見にゆかぬまま　読まざりしページのように日々の過ぎゆく

同じ資料テーブルに置き会議せりコップの水は薄影《うすかげ》を曳く

目に見えぬ糊が固めているならむ夜の桜はこぼれずに立つ

ひよどりは枝にさわぎぬ胃のなかに桜はなびら貼りつきおらむ

産みしのちの妻の匂いにつながりて赤きツツジの咲く道に出づ

リュウグウノツカイが棲んでいるような春の空なり尾びれゆらして

越表

幼き日われの見たりし白き谷「神門霧《みかど》」とぞ老い人は言う

牧水の記念館までゆらゆらと坂あり母の車椅子押す

児洗《こあらい》というバス停の過ぎゆけり百済伝説残りいる道

山越えて日表《ひおもて》に出る意味ならむ越表《こしおもて》というわが生《あ》れし村

吊り橋だったころを思いて渡りゆく同じ高さに川の青見ゆ

こんなにもやわくなるまで煮てくれし時間を思い猪汁《ししじる》を食ぶ

焼かれゆく鮎の口よりしたたれる滴がじゅっと灰を濡らせり

帰りしと言うには短き滞在の山に咲き山に散る梅の花

汗の塩

どくだみのほつほつ白き草かげに尾を失いし蜥蜴入りゆく

夏つばき地に落ちておりまだ何かに触れたきような黄の蕊が見ゆ

鳥たちはどこにひそみているならむ空を割りつつ雷《らい》がちかづく

負けずぎらいの娘の恋を聞いておりピザにチーズを巻きつけながら

ネクタイも汗に濡れつつ八月の街を歩みぬ会議場まで

会議にてホテルに来たりすれちがう婚の下見をする若き人

汗の塩好めるらしも寝ておればうさぎに顔を舐められており

ゆうぐれをすべて飲み込む山があり最後に青い木の影が立つ

武田尾廃線

谷空木《たにうつぎ》の花の残れる道をゆく我より妻の汗は少なき

幼き息子いたなら歓声あげるだろう古きトンネル闇にみちびく

死者が手を洗えるごとき水の音トンネルのなかに広がりゆきぬ

対岸に黄色き地層あらわれて歩きつつ飲む水は揺れおり

川のなかに大岩ありてスズメバチは木星のごとき巣を作りおり

藻の花

醒ヶ井《さめがい》は寝覚のような町にして水の匂いに触れつつ歩む

細き藻を髪に喩えし古《いにしえ》を思いつつ越ゆ雨間《あまあい》の川

水べりを妻とあゆみて梅花藻《ばいかも》に浮き花のあり沈み花あり

水上の白花かすかに揺れたるは茎の間《ま》を魚《うお》よぎりしならむ

舟二つすれちがうほどの川にしてすれちがうなら木の軋む音

石橋の温《ぬく》みたる苔に触れながら地蔵川のほそき流れを渡る

夏の水掛けられている不動あり石に彫られし剣は苔《お》帯ぶ

サンダルで水を蹴りいし幼な子はずぶりずぶりと腿まで川に

山合いを近江へつづく道のあり酸漿《ほおずき》色のポストが立ちぬ

養鱒場《ようそん》へ行く矢印の描《か》かれしが大紫陽花のはなに触れたり

じんじんと蟬は啼きおりブランコの鎖が消えてゆく夕闇に

青き尾

幾万のねむりは我を過ぎゆきて　いま過ぎたのは白舟《しろふね》のよう

疲れたら開く窓あり秋雲に手を乗せながら滑らせてゆく

ゆうぐれの駅に立ちいるどの人も靴を支点にながき影ひく

青き尾を残して夜は去りゆけりカーテン少し開きたる部屋

異国語を夢のなかにて聞きたりき柘榴の割れるようなその声

弓袋の黒きを持てる女生徒は冬のひかりを分かちて立てり

くつわ虫だったかあれは夜の箱壊すみたいな音がしていた

草紅葉

物名歌1。レディ・ガガ。

憎しみは自国他国に満ちゆけり時雨で毬《いが》が黒ずむ夕べ

物名歌2。テイラー・スウィフト。（この一首のみ旧仮名です）

聖人の葬にゐならぶ高弟ら　明日《あす》言ふといへど明日はないのだ

物名歌3。デイビット・ボウイ。

もう君は知ってただろう世界とは残酷で歪《いび》つ飛ぼう泉へ

完全駄洒落というものありて。

野を濡らし窓を濡らせる夕時雨　親も疎《うと》んじる。おや、もう豚汁

沓冠《くつかむり》「とりどしの　しょうがつ」

戸の開《あ》きし　旅館の朝よ　どこ行こう　知りたき町が　伸びやかに待つ

幾百万声集まらば原発の終《は》てなむ国ぞ稼働決まりぬ

回文歌1。

草もみじ毎年苦痛涙目《なみだめ》だみな美《うつく》しと今《いま》地味も咲く

回文歌2。

さざんかの散っていく音　待つ一日《ひとひ》妻遠くいて土の寒笹《かんざさ》

回文歌3。

夜の池罪犯すかな幹《みき》暗く君泣かす顔見つけ祈るよ

沓冠「さるどしの　おおみそか」

去れ、憎悪。ルオーの絵の顔　どう夢見《ゆめみ》、したたかな嘘　逃《のが》れゆくのか

＊この一連は、二〇一七年（酉年）の正月のために作った言葉遊びの歌。歌の初めの一字を横に続けて読むと、「偽物《にせもの》と戦《いくさ》よ去れ」という言葉があらわれる。

Ⅲ

白き厚み

我の来るずっと前から山霧に巻かれていしか桔梗かたむく

病むひとは遠くに粥を食べており少し残すと朝《あした》の雨に

選挙にもう行くことのなき人のあり雨に揺れいる白線渡る

紅葉になれなかった葉もまじりつつ中門までの石を埋めおり

唐突に人は病むものか　ひいらぎの葉のすきまより白花匂う

病室の高さに行きて薄青き双石山《ぼろいしやま》をともに見ており

幼き日くじらのかたちと見し山の今も鯨だ秋の陽が照る

蟹の身の白かりしこと　病む人はかつて行きたる旅の話す

ゆうがたになれば帰りぬおとろえし人のベッドの白き厚みは

身に入れる薬剤の強さを我は知らず朱を曳きながら欅《けやき》散りおり

鹿の絵

二《ふた》しずくずつ減ってゆく目薬のわずかとなりぬ夜の机に

やわらかき襟の服着てあゆみおり桜紅葉をときどき踏みて

白ねぎを嚙めば中より細きねぎ飛び出してきて汁熱きかな

夏毛から冬毛に替わるウサギにて撫でれば指に淡く絡まる

布色の冬のあじさい撮りており妻の写真とネットにて遇う

赤き蔓伸ばせるようにゲラの字を修正したり冬の窓辺に

剝かれたる蜜柑の皮ににんげんの指のかたちは残りていたり

過労へ過労へ追い込まれゆく冬の日の石板のようだ肩が駄目になる

倒れるまでほほえみながら働きぬ　縄でつないだ棒杭に似て

死のほかの死もあるならむ　冬夕べ痒くなる身を爪に掻きおり

鉄橋の響きは腰に伝わりて夜の電車に眼《まなこ》を閉じつ

線路の上にほそながき空ひらかれて冬の鴉はそこを飛び交う

赤く枯れし道を描きし絵のありき絵から離れて町をあゆみぬ

えがかれる前から鹿は死にていし　夕べの畑に脚を曲げつつ

もう旅をすることのない人の辺《へ》に栗まんじゅうを積み上げており

病む人の着ていし服をおもいおり夕べの道に枇杷の花咲く

虹のなかの青き曲線　失せもののごとく確かむ道に止まりて

ぷす、という音のしたりて冬の夜に映画館の厚き扉をひらく

衛生兵デズモンドの映画終わりたり立てば座席が跳ねてもどりぬ

アメリカから剝ぐことのできぬ爪として日本はあり　戦《いくさ》近づく

百億円の兵器なら一人百円か　アボカドの黒き実を選びおり

花よりも小さな雪の降りはじむ耐震工事をしている橋に

風に乗り風からはぐれ淡雪のひとつは我の頬に溶けたり

斧のごとき面差しをもつ青年を娘《こ》は連れてきて冬の酒飲む

幼き子に隠れておもちゃ買いし日の遠くなりたりクリスマス冷ゆ

文字

てのひらの横のあたりが鉛筆に黒く擦れつつ漢字覚えき

漢字を書く必要あるのか　壇上に人工知能の学者は言えり

写真なき世を生きたりし西行はいかにして璋子《しょうし》の顔思いしか

消されても蟻のごとくに蘇る文字をおもえり文字の怒りは

ワイパーが雨滴をつぶす　ひそかなる独裁のながく続きいる国

〈反日は帰れ〉の声に拍手湧く　手の皮膚が出す音を聞きおり

夕張まで

雪残る滑走路へと降りゆきて大き摩擦が腰を揺さぶる

足の手術終えしばかりの妻と来て小樽の固き雪を踏みゆく

タラバ蟹の凍れる脚を市に買うロシアの銃のような重さだ

水面に引き上げられて剛毛は金色《きん》に光りぬ朝市の蟹

どれもみな鳥の内部をくぐりたる桜の色の卵に触れつ

ぶれている写真のような海が見ゆ雪雲のまた近づく町に

醤油壜冷えつつ立てる市の隅に蟹食べており妻と向き合い

マヨネーズ減らないのよね　妻言えり息子のいない日々の続きて

結局は子の未来へと移りゆく妻との会話　鰊《にしん》うまいね

小樽文学館

眼の下の皺いくすじも捺《お》し取られ小林多喜二のデスマスクあり

何をされた　腿黒ぐろと横たわる多喜二の写真は閲覧室に

殺されし言葉をながく読みゆけり雪降る海に眼を休めつつ

『蟹工船』

酒瓶が稲妻形《いなずまがた》に転がるとページにありぬ海は暮れゆく

木々透けて雪の斜面の見ゆるころ昨日こぼれし眠りをねむる

幼な子が顔を出したり見つめれば座席の裏にひゅっと沈みぬ

多喜二そして恋人のタキ　同じ名に呼び合いながら海に行きしか

戦前もありし跳び箱　ざらざらの布は埃を吐き出していた

札幌

震災の日には振り子の止まりしと　塔の中なる闇を見上げつ

三日月と金星ならぶ　それぞれが太陽光のつゆけき反射

枝の雪剝がれて道へ落ちて来つ茶色き羽にすずめ諍《いさか》う

映画にて町興《おこ》しせし雪の道　高倉健の影を置きたり

採光の窓をひらひら雪降れり羆《ひぐま》の爪は吊るして売らる

はろばろとゆうばり映画祭に来つ廃校の壁を這いのぼる雪

映画『ｇｒｏｏｖｙ』（監督・吉川鮎太）

自殺を止める音楽を創らむとする駱駝のような男を映す

わが家にて性のシーンの撮られしを初めて知りぬ箪笥が黒い

死んでゆく女のまぶたがリアルだった　蝶のさなぎのようにひらいて

監督舞台挨拶

「自殺しないで――言っても聞いてくれません。でも音楽の話だけ通じた」

映画のモデルだった女性を語りゆく息子を遠き客席に見る

空気枕ありゃあせん　笠智衆《りゅうちしゅう》の真似を子はせり我もまねする

老女優迎える時刻書かれいる資料を閉じて「じゃあまた」と去る

トンネルが枯れ木の奥に黒かりき忘れずあらむ新夕張の駅

陽の差さず冬に戻れる道のさきに土俵のような池がありたり

春に吹く木枯らしもあれ　あちこちに葉の回りいる道を帰りぬ

コリアタウン

春雨の濡らせる駅はほそながき舟になりたり鳩を乗せつつ

人体より大きく描《か》かれし花の絵が壁に架かりぬ青砂《せいさ》を帯びて

ルドンの絵見て帰りゆく空間をぼかしながらに春の雨降る

大阪・鶴橋

豚肉にぬむぬむと刃は吸われゆくコリアタウンの昼をあゆめり

水にじませ一尾の鱈は売られおり行きしことなし祖父生《あ》れし釜山《プサン》

つまようじ赤く染まりて捨てられつ山芋もある試食のキムチ

銀器には蓮根キムチの盛られおり食べてきなさいよここしかあらへん

和平ちかづくニュースは信じられるのか赤き躑躅が直角に咲く

徴兵が終わるかもしれない　声ひそめ言う韓国の若者あらむ

兵役にゆくＢＩＧＢＡＮＧ　店にならぶ団扇のなかに皆ほほえみぬ

釘のごと打ち込まれたる米軍は立ち去るや朝鮮戦争《コリアンウォー》終わるとき

戦争を終わらせたくない人がいる　あるいはわが国の宰相も

日本語に注文を聞き厨房にチゲを伝える声は鋭き

ゆうぐれに牛の白腸《しろわた》焼いており「旅」は「食べる」につながる言葉

雨のあとの町がいちばんなつかしい陽に透けているムラサキカタバミ

桐咲けり　検査結果を知らせくる母のメールに句読点なく

食べることのできない人に贈るため花はあるのか初めておもう

病床に絵を描く人のパステルに撫でられおらむ花の曲線

途中

鉄柵は長く続けりバス停《と》まるたびに隙間に芝生が見える

台風から逃げたと笑う　オスプレイ置かざる巨《おお》き平面があり

手と足を摑まれ運ばれゆく人をわれは見しのみ　警官の横に

半袖の腕より垂れる沖縄の雨には死者の混じりて降れり

基地をみな沖縄に入れて蓋をする指が見えおり　手に生える指

人はみな途中で死ぬとおもえども海暮れて翁長雄志の途中

石蓮花

窓に付くしずくしずくに灯の入りて山裾の町にバスは下りゆく

母を離れ生きてきたりぬ濃き霧に吸われゆく山ぬっと出る山

どん兵衛の湯を沸かしおり母病みて厨《くりや》のひかり薄くなりゆく

しかたない、しかたがないと言いながら置き去りにした母をベッドに

秋の鳥とおくに啼けり母の舌にスプーンの水を垂らしてゆくも

ぼうやりと目をひらきいる母のあり秋のひかりは天井を這う

白髪のわずかになりし母の顔　死にたる祖父の貌となりゆく

夜の更けに「痛い痛い」と母は呼ぶ麻薬を飲ませその声を消す

白だからまあいいだろう　まんじゅしゃげ母のベッドに飾られてあり

病床で母は、いくつか不思議な言葉を残した

きれぎれの息のあいだに声はあり「花が死ぬようにはいかないんです」

アビカンス、アビカンスと母は呟けり検索すれば石蓮花《せきれんか》のこと

少女期の母の写真が出てきたり十年後恋のなき結婚をせり

黒犬を抱きいる若き母がいて　その犬の名は忘れられたり

病む母のかたわらに居て締め切りの間近になりし源氏を読めり

身に沁みて夜更け読みおり衰えし紫の上に粥を飲ますを

少女になり母は走っているのだろうベッドに激しき息はつづけり

お母さん、息をしてよとぴたぴたと頬を打てども息は消えたり

もう息をやめたる母の口腔に痰がじわりと滲みくる見ゆ

命なき母のからだに下がりたる尿袋《にょうたい》へ朝の光はとどく

在宅医療ではこのようにするのだという

朝方に来たれる医師はペン持ちて母の死にたる刻《とき》を決めたり

死ののちに少し残りし医療用麻薬《フェンタニル》　秋のひかりのなか返却す

電動式ベッドも返せり畳には一年の浅き凹《くぼ》みが残る

てのひらを母のひたいに当ててみる林檎とおなじ固さになりて

バラの花渦《うず》ふかぶかと描《か》かれおり母の絵はみな母を喪う

きのうまで母撫でていたてのひらを祈るかたちに閉ざせる夕べ

遺体のなかに母の死は無し母の死はわれのからだに残りているも

もう会えない、 そのことがよく分からない　蠟の火のなか芯は曲がりて

箸の持ちかた叱られし日のありしかな大きな骨を挟み取りたり

手の骨を鉄の板より剝がしおりもう母じゃないこれは違うから

箸の先に白くほろほろと崩れゆく癌細胞も焼かれてしまえり

拾い終え去りゆくときに黒ぐろと棺の釘は焼け残りたり

母はいない　いないいだけだよ川べりに秋海棠の垂れさがりゆく

実印の円《まる》きを紙に押し当てつ母の口座は秋の日に消ゆ

蠟燭のうた

亡き人はここに来ますよ　火のついたときだけできる小さな池に

少しずつ背が低くなる炎です　死者の目よりも下に来ました

あとがき

二〇一五年から二〇一八年までに作った歌の中から、三五〇首を選んで一冊とした。私の第八歌集になる。

母が亡くなる二日前の夕方、かすれた声で「アビカンス、アビカンス」と、繰り返しつぶやいていた。意味不明なうわごとだと思ったのだが、やはり気になってスマホで検索してみると、「石蓮花」とも呼ばれる観葉植物の画像が出てきた。灰色の硬い葉が円形に並んでいて、石で作った花のように見える。

三か月後、私が子どもの頃に住んでいた家を訪ねた。庭には、アビカンスがたくさん群がっていた。現在住んでいる人に聞くと、昔から生えていたのが、どんどん増えていったのだという。母が若かったときに見たこの石の花が、夢の中にあらわれてきたのかもしれない。そんなふうに考えたりもした。

言葉は、生と死の境界をふっと超えて行き来することがある。短歌の言葉もそれに深く関わっているように思う。普通ならばすぐに消えてしまう声を、目に見えない遠いところへ届けようとする試みが、歌を作るということではないだろうか。

小説家の椰月美智子さんに帯文を書いていただけることになった。『しずかな日々』『その青の、その先の、』『14歳の水平線』など、椰月さんの小説には、家族や季節や日常生活へのやわらかな眼差しがあり、共感しながら読んでいたので、とても嬉しい。

また、塔短歌会では、仲間たちから大きな刺激をもらっている。この歌集を作っている時期には、精神的につらいことが多かったのだが、さまざまな形で励ましをいただいた。そのことにも深く感謝している。

書肆侃侃房の田島安江さん、装丁の毛利一枝さんには、私の思いを丁寧に汲み取ってくださり、大変お世話になりました。心より御礼申し上げます。

二〇一九年一月二十七日

吉川宏志

■著者略歴

吉川宏志（よしかわ・ひろし）

1969年宮崎県生まれ。京都大学文学部卒業。現在、京都市在住。

1995年、第1歌集『青蟬』を刊行。翌年、第40回現代歌人協会賞を受賞。

2016年刊行の第7歌集『鳥の見しもの』で、第21回若山牧水賞と第9回小野市詩歌文学賞を受賞している。

歌集には他に、『夜光』、『海雨』、『曳舟』、『燕麦』などがある。

評論集に『風景と実感』、『読みと他者』など。

塔短歌会主宰。京都新聞歌壇選者。

Twitter：@ aosemi1995

塔21世紀叢書第346篇

「現代歌人シリーズ」ホームページ　http://www.shintanka.com/gendai

現代歌人シリーズ26

石《せき》蓮《れん》花《か》

二〇一九年三月二十一日　第一刷発行
二〇二〇年四月八日　第二刷発行

著　者　吉川宏志
発行者　田島安江
発行所　株式会社 書肆侃侃房（しょしかんかんぼう）
〒八一〇‐〇〇四一
福岡市中央区大名二‐八‐十八‐五〇一
TEL：〇九二‐七三五‐二八〇二
FAX：〇九二‐七三五‐二七九二
http://www.kankanbou.com　info@kankanbou.com

DTP　黒木留実（書肆侃侃房）
印刷・製本　アロー印刷株式会社

ISBN978-4-86385-355-3　C0092

現代歌人シリーズ

現代歌人シリーズ

四六判変形／並製

現代短歌とは何か。前衛短歌を継走するニューウェーブからポスト・ニューウェーブ、さらに、まだ名づけられていない世代まで、現代短歌は確かに生き続けている。彼らはいま、何を考え、どこに向かおうとしているのか……。このシリーズは、縁あって出会った現代歌人による「詩歌の未来」のための饗宴である。

1. 海、悲歌、夏の雫など　千葉 聡　144ページ／本体 1,900 円＋税／ISBN978-4-86385-178-8
2. 耳ふたひら　松村由利子　160ページ／本体 2,000 円＋税／ISBN978-4-86385-179-5
3. 念力ろまん　笹 公人　176ページ／本体 2,100 円＋税／ISBN978-4-86385-183-2
4. モーヴ色のあめふる　佐藤弓生　160ページ／本体 2,000 円＋税／ISBN978-4-86385-187-0
5. ビットとデシベル　フラワーしげる　176ページ／本体 2,100 円＋税／ISBN978-4-86385-190-0
6. 暮れてゆくバッハ　岡井 隆　176ページ（カラー16ページ）／本体 2,200 円＋税／ISBN978-4-86385-192-4
7. 光のひび　駒田晶子　144ページ／本体 1,900 円＋税／ISBN978-4-86385-204-4
8. 昼の夢の終わり　江戸 雪　160ページ／本体 2,000 円＋税／ISBN978-4-86385-205-1
9. 忘却のための試論 Un essai pour l'oubli　吉田隼人　144ページ／本体 1,900 円＋税／ISBN978-4-86385-207-5
10. かわいい海とかわいくない海 end.　瀬戸夏子　144ページ／本体 1,900 円＋税／ISBN978-4-86385-212-9
11. 雨《ふ》る　渡辺松男　176ページ／本体 2,100 円＋税／ISBN978-4-86385-218-1
12. きみを嫌いな奴はクズだよ　木下龍也　144ページ／本体 1,900 円＋税／ISBN978-4-86385-222-8
13. 山椒魚が飛んだ日　光森裕樹　144ページ／本体 1,900 円＋税／ISBN978-4-86385-245-7
14. 世界の終わり／始まり　倉阪鬼一郎　144ページ／本体 1,900 円＋税／ISBN978-4-86385-248-8
15. 恋人不死身説　谷川電話　144ページ／本体 1,900 円＋税／ISBN978-4-86385-259-4
16. 白猫倶楽部　紀野 恵　144ページ／本体 2,000 円＋税／ISBN978-4-86385-267-9
17. 眠れる海　野口あや子　168ページ／本体 2,200 円＋税／ISBN978-4-86385-276-1
18. 去年マリエンバートで　林 和清　144ページ／本体 1,900 円＋税／ISBN978-4-86385-282-2
19. ナイトフライト　伊波真人　144ページ／本体 1,900 円＋税／ISBN978-4-86385-293-8
20. はーはー姫が彼女の王子たちに出逢うまで　雪舟えま　160ページ／本体 2,000 円＋税／ISBN978-4-86385-303-4
21. Confusion　加藤治郎　144ページ／本体 1,800 円＋税／ISBN978-4-86385-314-0
22. カミーユ　大森静佳　144ページ／本体 2,000 円＋税／ISBN978-4-86385-315-7
23. としごのおやこ　今橋 愛　176ページ／本体 2,100 円＋税／ISBN978-4-86385-324-9
24. 遠くの敵や硝子を　服部真里子　176ページ／本体 2,100 円＋税／ISBN978-4-86385-337-9
25. 世界樹の素描　吉岡太朗　144ページ／本体 1,900 円＋税／ISBN978-4-86385-354-6

26. 石蓮花

吉川宏志

144ページ
本体 2,000 円＋税

ISBN978-4-86385-355-3

27. たやすみなさい

岡野大嗣

144ページ
本体 2,000 円＋税

ISBN978-4-86385-380-5

28. 禽眼圖

楠誓英

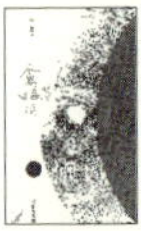

160ページ
本体 2,000 円＋税

ISBN978-4-86385-386-7

以下続刊